**MACHADO DE ASSIS**

# DOM CASMURRO

por

**RODRIGO ROSA**
ARTE

**IVAN JAF**
ROTEIRO

*Dom Casmurro*
© Rodrigo Rosa, 2012
© Ivan Jaf, 2012

| | |
|---|---|
| **Gerente editorial** | Claudia Morales |
| **Editor** | Fabrício Waltrick |
| **Editora assistente** | Fabiane Zorn |
| **Diagramadora** | Thatiana Kalaes |
| **Estagiária (texto)** | Ana Luiza Candido |
| **Colaboradora** | Luciana Quitzau |
| **Coordenadora de revisão** | Ivany Picasso Batista |
| **Revisoras** | Cátia de Almeida, Rita Costa |
| **Projeto gráfico** | Juliana Vidigal, Thatiana Kalaes |
| **Ilustração de capa** | Rodrigo Rosa |
| **Coordenadora de arte** | Soraia Scarpa |
| **Editoração eletrônica** | Rodrigo Rosa, Thatiana Kalaes |
| **Tratamento de imagem** | Cesar Wolf, Fernanda Crevin |
| **Pesquisa iconográfica** | Silvio Kligin (coord.) |

CIP-BRASIL. CATALOGAÇÃO NA FONTE
SINDICATO NACIONAL DOS EDITORES DE LIVROS, RJ

J22d

Jaf, Ivan, 1957-
 Dom Casmurro / Machado de Assis ; roteiro Ivan Jaf ; arte Rodrigo Rosa. - 1.ed. - São Paulo : Ática, 2012.
 88 p. : principalmente il. ; - (Clássicos Brasileiros em HQ)

 Adaptação de: Dom Casmurro / Machado de Assis
 Texto em quadrinhos
 ISBN 978-85-08-15361-9

 1. Histórias em quadrinhos. 2. Romance brasileiro. I. Assis, Machado de, 1839-1908. Dom Casmurro. II. Título. III. Série.

11-6368.                                                              CDD: 741.5
                                                                    CDU: 741.5

ISBN 978 85 08 15361-9 (aluno)

CL: 737498
CAE: 266581 AL

2024
1ª edição
10ª impressão
Impressão e acabamento: Vox Gráfica / OP: 248516

Todos os direitos reservados pela Editora Ática S.A., 2012
Avenida das Nações Unidas, 7221 - CEP 05425-902 - São Paulo, SP
Atendimento ao cliente: 4003-3061 – atendimento@aticascipione.com.br
www.coletivoleitor.com.br

IMPORTANTE: Ao comprar um livro, você remunera e reconhece o trabalho do autor e o de muitos outros profissionais envolvidos na produção editorial e na comercialização das obras: editores, revisores, diagramadores, ilustradores, gráficos, divulgadores, distribuidores, livreiros, entre outros. Ajude-nos a combater a cópia ilegal! Ela gera desemprego, prejudica a difusão da cultura e encarece os livros que você compra.

MISTO
Papel produzido a partir de fontes responsáveis
FSC® C137933

# OS MISTÉRIOS
## DA ALMA

Bento Santiago é um homem de meia-idade cujo apelido é Dom Casmurro (que tanto pode significar "ensimesmado, recolhido" como "teimoso, cabeçudo"). Vive só, com conforto e sem nada que lhe falte... materialmente, pelo menos. Mas falta-lhe ele mesmo, como o leitor verá neste relato, ao mesmo tempo, saudoso e angustiado.

Na tentativa de reconstruir seu passado, Bento nos convida a adentrar suas memórias e impressões acerca de várias fases de sua vida, sempre impregnadas de uma envolvente presença: Capitu, sua grande paixão. Mas cuidado, caro leitor! Por vezes, você acreditará que esses fragmentos de recordações são suficientes para desvendar o grande enigma que assombra o nosso narrador, explicando-lhe o sofrimento ("injustamente" arquitetado por aqueles que ele mais amava). Por outras, eles se revelarão apenas provas forjadas de um adultério que talvez nunca tenha sido cometido, mas irremediavelmente julgado.

Nessa história, cada detalhe pode ser decisivo e a atenção deve se voltar para todos os lados, para cada palavra, ou imagem.

Acompanhe agora uma das obras mais consagradas da literatura brasileira transposta para os quadrinhos, e veja como Rodrigo Rosa e Ivan Jaf souberam traduzir para cores e traços toda a riqueza da prosa de Machado de Assis, amplificando os sentidos de sua maior obra-prima.

**Bônus:** depois dos quadrinhos, você encontrará informações e curiosidades sobre a época em que a história se passa, além de um *making of* imperdível.

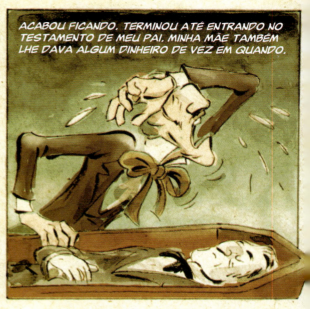

QUANDO MEU PAI MORREU, MINHA MÃE TINHA 31 ANOS. ELA VENDEU A FAZENDA DE ITAGUAÍ, TROCOU OS ESCRAVOS DO CAMPO POR OUTROS DE ALUGUEL, COMPROU UMA DÚZIA DE PRÉDIOS E ALGUMAS APÓLICES.

FORAM FELIZES. A FELICIDADE CONJUGAL É COMO ACERTAR NA LOTERIA. E ELES HAVIAM COMPRADO O BILHETE JUNTOS.

MAS É TEMPO DE VOLTAR A NOVEMBRO DE 1857. ALI FOI O PRINCÍPIO DA MINHA VIDA. TUDO QUE ACONTECEU DEPOIS FOI COMO O ENSAIO DA GRANDE ÓPERA QUE COMEÇOU NAQUELA TARDE.

DEUS ESCREVEU O LIBRETO, MAS COMO O DIABO FEZ A MÚSICA, A ÓPERA NÃO PÔDE SER ENCENADA NO CÉU. ENTÃO DEUS CRIOU UM TEATRO ESPECIAL, ESTE PLANETA, E UMA COMPANHIA DE ATORES, OS SERES HUMANOS. OS DOIS DIVIDEM OS DIREITOS DE AUTOR. POR NÃO FAZEREM ENSAIOS, TEMOS TANTOS DESCONCERTOS.

Nossas mãos se estenderam, fundiram-se. Nossos olhos meteram-se uns pelos outros.

Estávamos ali, com o céu em nós.

* Brincadeira em que duas pessoas se olham; perde a que rir primeiro.

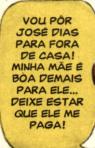

* Aqui, *oblíqua* significa "maliciosa".

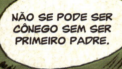

ESTA CASA É A REPRODUÇÃO EXATA DAQUELA, MAS NÃO CONSEGUI RECUPERAR NESSAS NOITES VELHAS OS SONHOS PERDIDOS DAS NOITES MOÇAS.

O ESPAÇO MORRE DE SILÊNCIO. A NOITE ESTÁ BELA. PERGUNTEI A ELA:

POR QUE OS SONHOS SE DESFAZEM QUANDO ABRIMOS OS OLHOS?

OS SONHOS NÃO PERTENCEM A MIM. OS SONHOS MORAM NO CÉREBRO DA PESSOA.

POR ISSO NÃO SONHO MAIS. BASTA-ME UM SONO QUIETO E APAGADO.

E CHEGOU AQUELE SÁBADO...

BOBO. ME FINJO DE ALEGRE PARA QUE NÃO DESCONFIEM DE NÓS, MAS PASSO AS NOITES DESCONSOLADA. PRECISO DISSIMULAR, PARA NÃO LEVANTAR SUSPEITAS.

E CHEGARAM OUTROS SÁBADOS. O TEMPO PASSOU.

FUI ME ACOSTUMANDO ÀQUELA VIDA, CADA VEZ MAIS AMIGO DE ESCOBAR.

A ESPERANÇA ALEGRA TUDO.

MINHA MÃE HESITOU UM POUCO, MAS ACABOU CEDENDO.

PADRE CABRAL, PROTONOTÁRIO, CONSULTOU O BISPO E ESTE CONFIRMOU: PODIA SER, PUNHA-SE UM ÓRFÃO NO MEU LUGAR.

SAÍ DO SEMINÁRIO NO FINAL DO ANO. TINHA 17 ANOS.

VOCÊ ALGUMA VEZ JÁ TEVE 17 ANOS, LEITOR?

É A IDADE EM QUE UMA METADE HOMEM E UMA METADE MENINO FORMAM UM SÓ CURIOSO.

"CURIOSÍSSIMO", DIRIA JOSÉ DIAS.

A FÉ PERDEU. VENCEU A RAZÃO. FUI AOS ESTUDOS DE DIREITO.

45

POIS SEJAMOS FELIZES DE UMA VEZ, ANTES QUE O LEITOR PERCA A PACIÊNCIA.

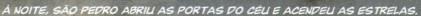

À NOITE, SÃO PEDRO ABRIU AS PORTAS DO CÉU E ACENDEU AS ESTRELAS.

ACENDEU NÃO SÓ AS ESTRELAS CONHECIDAS, COMO AS QUE SÓ SERÃO DESCOBERTAS DAQUI A SÉCULOS.

E EU E CAPITU FOMOS VISITAR UMA PARTE DO INFINITO.

NOSSA SEMANA DE LUA DE MEL FOI COMO UM RELÓGIO SEM PONTEIROS. NADA NOS MOSTRAVA A MARCHA DO TEMPO.

MAS LOGO QUISEMOS INVENTAR PASSEIOS, PARA QUE VISSEM NOSSA FELICIDADE E NOS INVEJASSEM.

EU IMAGINAVA COMENTÁRIOS...

ESTE É O DOUTOR BENTO SANTIAGO, QUE SE CASOU HÁ POUCO COM DONA CAPITOLINA, DEPOIS DE UMA LONGA PAIXÃO DE CRIANÇAS.

MORAM NA GLÓRIA.

ELA É LINDA!

SEMPRE QUE VÍAMOS CAPITUZINHA (SIM, LEITOR, ESCOBAR DERA O NOME DE CAPITOLINA À FILHA), MORRÍAMOS DE INVEJA.

ATÉ QUE A INVEJA MORREU...

... A ESPERANÇA SURGIU...

... E NOSSO FRUTO VEIO AO MUNDO! UM RAPAGÃO ROBUSTO E LINDO!

NUNCA TIVE ALEGRIA IGUAL. FOI UMA VERTIGEM E UMA LOUCURA. MINHA VONTADE ERA CANTAR NO MEIO DA RUA.

UM SER QUE NÃO FORA NADA, MAS QUE NOSSO DESTINO AFIRMOU QUE SERIA. EU ESTAVA INTEIRAMENTE NELE.

NA PRIMEIRA VISITA DE ESCOBAR, DESCEMOS À PRAIA. ELE FAZIA SEUS CÁLCULOS; EU, OS MEUS SONHOS.

NAQUELA TARDE COMBINAMOS CASAR NOSSOS FILHOS, FOI IDEIA DELE.

"PRONTO... NÃO CHORE..."

CAPITU TINHA UMA CERTA RAZÃO. EZEQUIEL JÁ IA PEGANDO ALGUNS CACOETES, DE TANTO IMITAR OS OUTROS. TINHA O ANDAR, O RISO E O JEITO DE MEXER A CABEÇA DE ESCOBAR, POR EXEMPLO.

ESCOBAR MUDOU-SE PARA A PRAIA DO FLAMENGO. A CASA AINDA ESTÁ LÁ. FUI VÊ-LA OUTRO DIA. EU E ELA ESTÁVAMOS VELHOS E ACABADOS.

PASSAMOS A MORAR PERTO. TALVEZ OS BONS AMIGOS DEVESSEM MORAR LONGE, PARA NÃO ACABAREM COMO O MAR E OS ROCHEDOS.

NOSSOS FILHOS AGORA PASSAVAM TANTO TEMPO JUNTOS QUE COMEÇARAM A COMENTAR QUE SE PARECIAM, COMO IRMÃOS.

ESCOBAR RIA. DIZIA QUE CRIANÇAS QUE BRINCAM MUITO JUNTAS ACABAM SE PARECENDO.

TUDO ACABA, LEITOR. ATÉ OS CASTELOS DE SONHOS.

FOI NUM DOMINGO...

PEGAMOS EM NÓS E FOMOS PARA A SUÍÇA.

EU OS DEIXEI LÁ.

ELA ME ESCREVEU DURANTE ANOS. CARTAS SUBMISSAS, AFETUOSAS, NA VERDADE, ATÉ MUITO AFETUOSAS.

VIAJEI ALGUMAS VEZES À EUROPA, MAS NÃO OS PROCUREI.

AS VIAGENS ERAM PARA FINGIR QUE A VIA, TRAZER NOTÍCIAS DELA, ENGANAR A OPINIÃO.

NÃO HAVENDO REMÉDIO SENÃO FICAR COM ELE, FIZ-ME PAI.

NÃO FOI UM TEMPO AMARGO. CONFESSO QUE ÀS VEZES DOÍA-ME QUE EZEQUIEL NÃO FOSSE REALMENTE MEU FILHO.

SUA PAIXÃO ERA A ARQUEOLOGIA. FALAVA DA ANTIGUIDADE COM AMOR. CONTAVA O EGITO E SEUS MILHARES DE SÉCULOS SEM SE PERDER NOS ALGARISMOS.

TINHA A CABEÇA ARITMÉTICA DO PAI.

SEIS MESES DEPOIS, PEDIU-ME DINHEIRO PARA UMA VIAGEM AO EGITO E PARTIU.

UMA DAS CONSEQUÊNCIAS DOS AMORES FURTIVOS DO PAI ERA EU TER DE PAGAR AS ARQUEOLOGIAS DO FILHO.

# BÔNUS
## CONFIRA A SEGUIR:

### CONHEÇA OS AUTORES
Biografia de quem está por trás deste livro

### NO TEMPO DE *DOM CASMURRO*
Curiosidades históricas sobre costumes e cenários da obra de Machado de Assis

### SEGREDOS DA ADAPTAÇÃO
Um *making of* da HQ. Acompanhe o nascimento da obra desde o roteiro e primeiros esboços até a arte-final

# CONHEÇA OS AUTORES

Dois trabalhos são essenciais na criação de uma narrativa em quadrinhos, seja ela uma história original ou uma adaptação: o roteiro e a arte. Nesta HQ, a obra clássica inspirou o roteirista, que organizou a história em quadros; estes foram transformados em ilustrações pelo desenhista. Descubra a seguir um pouco mais sobre a vida de cada autor de *Dom Casmurro*.

**MACHADO DE ASSIS** nasceu em 21 de junho de 1839, no Rio de Janeiro. Filho de um pintor de paredes e de uma lavadeira, não teve facilidades na vida. Quase nada se conhece de sua infância, a não ser que ficou órfão de mãe muito cedo. Não frequentou escola — pelo menos regularmente — e não se sabe direito como surge, já aos 15 anos, publicando poemas em jornais, hábil na gramática portuguesa e leitor perspicaz, com conhecimentos em francês e, mais tarde, em inglês. Provavelmente foi um autodidata, que estudou como pôde e, sozinho, pela vontade de vencer na vida. Foi um dos fundadores e primeiro presidente da Academia Brasileira de Letras. Faleceu em 29 de setembro de 1908, na sua cidade natal. Apelidado carinhosamente de O Bruxo da nossa literatura, hoje é reconhecido como um dos gênios da literatura mundial.

**RODRIGO ROSA** nasceu em Porto Alegre, no Rio Grande do Sul. Jornalista formado pela Pontifícia Universidade Católica do Rio Grande do Sul (PUC-RS), já aos 14 anos atuava profissionalmente, publicando tiras de quadrinhos no jornal *Oi! Menino Deus*. Foi integrante da editoria de arte do jornal *Zero Hora*, ilustrou inúmeras obras infantis e juvenis e colaborou, como cartunista e chargista, em vários jornais e revistas nacionais. Com mais de 20 prêmios em salões de humor no Brasil e no exterior, é um dos desenhistas mais requisitados pelas editoras do país. Nesta série, assinou também as adaptações de *O cortiço* e *Memórias de um sargento de milícias* (ambas em parceria com Ivan Jaf).

O carioca **IVAN JAF** é autor de mais de 50 livros, principalmente voltados para o público juvenil, várias peças teatrais e roteiros para o cinema. Como roteirista de histórias em quadrinhos, começou sua carreira em 1979, na antiga editora Vecchi, criando histórias de terror em parceria com alguns dos mais consagrados desenhistas nacionais. Na década de 1990, em parceria com o renomado desenhista argentino Solano Lopes, publicou histórias de ficção científica e de terror na revista italiana *Skorpio*. Nesta coleção, fez também outras adaptações, como *O Guarani* e *A escrava Isaura*.

# NO TEMPO DE
# *DOM CASMURRO*

Veja abaixo como a HQ retrata o período no qual se passa a história que você acabou de ler e descubra mais sobre os costumes e os valores que caracterizavam o Rio de Janeiro durante a segunda metade do século XIX.

## A ESCRAVIDÃO NO CONTEXTO URBANO

No Rio de Janeiro, no século XIX — até 1888 —, além dos escravos que realizavam tarefas diretamente para seus senhores, havia também outros tipos de escravos. Os chamados *escravos de aluguel*, como os que dona Glória passou a ter (ao trocar seus escravos da fazenda, depois da morte do marido), eram cedidos temporariamente a terceiros mediante uma quantia. Já os *escravos de ganho* eram designados por seus senhores para desempenhar atividades específicas: eram barbeiros, carregadores, comerciantes ou fabricantes de utensílios e doces, etc. Eram remunerados, mas precisavam deixar a maior parte de seu pagamento para seus senhores; do ínfimo excedente (nem sempre obtido por meios "legais"), era possível até conseguir negociar a compra de sua alforria, ainda que as chances fossem escassas.

## O ESTEREÓTIPO FEMININO DE UMA ÉPOCA

Dona Glória, por ser viúva e rica, assumiu a família após a morte do marido: controla agregados, escravos e criados. Enquanto isso, Capitu, uma garota pobre, teria como única alternativa um bom casamento, como todas as outras mocinhas da época, sem direito a dar continuidade aos estudos e a desenvolver uma profissão. Embora Capitu apresentasse uma postura emancipada (forte, pensa por si própria, burla um sistema aristocrático com facilidade e não foge da realidade pela via da imaginação, tal como faz Bentinho), ela vai de encontro com o preconceito da sociedade: o ciúme do marido parece querer domá-la; Justina e José Dias se referem a ela de modo sarcástico... Mesmo não havendo consenso sobre sua culpa ou inocência, fica a dúvida: a ideia que o narrador tem da personagem, de um ser pecaminoso e dissimulado, seria uma visão isolada, fruto das circunstâncias, ou um estereótipo da condição feminina? (Não podemos esquecer que até mesmo Sancha parece tentar seduzir Bento inesperadamente.)

## A MODERNIDADE DOS VALORES BURGUESES...

A consolidação da burguesia em território nacional se dava pouco a pouco nos principais centros urbanos do país. Seu discurso está presente na HQ, tanto nas falas de Bentinho como nas de Escobar e José Dias. Isso chega a inspirar metáforas como a dívida com Deus pelas promessas e a ansiedade por quitá-la para livrar a consciência, sem déficit. Na visão de Bento, seu casamento foi tratado como uma transação comercial (a família de Capitu e ela própria estariam interessados, desde cedo, na fortuna de dona Glória) e a amizade de Escobar era interesseira (ele teria se aproximado de Bento apenas por causa do dinheiro de sua mãe).

## ... E O CONTRASTE COM AS ANTIGAS ESTRUTURAS COLONIAIS

Não só a escravatura foi uma estrutura retrógrada que persistiu por quase todo o século XIX no Brasil. O *paternalismo* também é uma forma de poder herdada do período colonial, na qual vários estratos sociais orbitavam a propriedade rural: escravos, parentes, trabalhadores livres, etc. Ainda no Segundo Império e num contexto urbano, vemos que o prestígio das famílias aristocráticas se baseava nesse modelo de reverência e obrigações, apesar da crescente burguesia. Muitas famílias (a de Capitu, por exemplo) eram dependentes de outras mais abastadas (como a de Bento). Alguns sujeitos livres que nada tinham, como José Dias, eram *agregados*, ou seja, viviam de favor com aqueles que os "apadrinhassem" e através destes poderiam conseguir vantagens e posição social. A contradição do personagem é percebida com humor: ancorado na respeitabilidade de seus protetores, ele força uma superioridade sobre seus "iguais"; ao mesmo tempo, desmancha-se em submissão a uma família que não o reconhecia como *membro*.

## UM HOMEM DE RAZÃO?

O discurso burguês não se alinhava apenas aos novos valores econômicos mundiais e suas motivações financeiras. A racionalidade e o esclarecimento eram característicos dos valores progressistas, e suas bases residem no iluminismo francês. O narrador é um exemplo típico de homem racional do final do século XIX, comum em romances realistas — esse modelo, contudo, foi posto em xeque por Machado. Enquanto o Casmurro faz questão de ressaltar seu intelecto aguçado e seus gostos refinados (cultura clássica, ópera, latim, etc.), também procura ganhar a confiança do leitor, mostrando que sempre busca a lógica, como bom advogado que é. Podemos então perceber como ele arquiteta a narrativa de modo a nos conduzir a uma única resposta para o enigma que apresenta. Ao leitor, resta decidir se tais "argumentos racionais" são suficientes para persuadi-lo.

# SEGREDOS DA ADAPTAÇÃO

Para adaptar um clássico para os quadrinhos, é necessário conhecer a obra original a fundo, buscar imagens que sirvam de referência e ajudem a recriar a ambientação da época — desde arquitetura, mobiliário, geografia, até costumes e roupas dos personagens. Esse processo demanda muita pesquisa.

A primeira etapa da produção de uma HQ é a elaboração de um roteiro, que seleciona as principais passagens da obra original. No caso de *Dom Casmurro*, ele foi escrito por Ivan Jaf. Nesse roteiro, as cenas são descritas quadro a quadro, com detalhes sobre cenários, ações, expressões corporais e faciais, entre outros elementos. Além disso, são indicadas variações de planos e ângulos de visão, sugeridas colorizações que ajudem a transmitir o clima desejado, etc. Os diálogos e a narração também são adaptados nessa fase e se transformam, respectivamente, em balões e legendas.

Veja a seguir o roteiro referente à cena em que Bentinho se vê tragado pelos olhos de Capitu, e que leva ao primeiro beijo do casal (p. 19 e 20). Na sequência, compare-o com o trecho correspondente do original:

**TRECHOS DO ROTEIRO DE IVAN JAF**

```
<Página 19, quadro 5>
Close nos olhos de Capitu.
<Legenda>
O QUE ERAM OS OLHOS DE CAPITU?
<Quadro 6>
Close nos olhos de Capitu. O globo ocular agora é o mar, ondas fortes, altas,
gaivotas escuras no céu nublado.
<Legenda>
O QUE ELES FORAM? O QUE ME FIZERAM? OLHOS DE RESSACA. SIM, DE RESSACA.

<Página 20, quadro 1>
Plano frontal de Bentinho e D. Casmurro (jovem e velho) na praia do quadro
anterior. Vento, areia. Olham para o horizonte. Gaivotas negras no céu.
<Legenda>
OLHOS QUE TRAZIAM NÃO SEI QUE FLUIDO MISTERIOSO E ENÉRGICO...
<Quadro 2>
Plano frontal de uma onda enorme, mar revolto, espuma, céu nublado, violência
da natureza.
<Legenda>
... UMA FORÇA QUE ME ARRASTAVA PARA DENTRO, COMO A ONDA QUE PUXA NOS DIAS
DE RESSACA.
<Quadro 3>
Bentinho sendo arrastado pelo mar revolto, debatendo-se.
<Legenda>
AS ONDAS QUE SAÍAM DAS PUPILAS CRESCIAM, ENVOLVIAM, TRAGAVAM-ME!
<Quadro 4>
Bentinho no mar revolto, ondas, espuma, tentando se salvar agarrando-se a uma
orelha e um nariz gigantes, de Capitu. Perto dele, caindo do céu sobre as
águas, uma larga mecha dos cabelos de Capitu.
<Legenda>
PARA NÃO SER ARRASTADO, AGARREI-ME A OUTRAS PARTES DO ROSTO DELA...
```

### TEXTO ORIGINAL DE MACHADO DE ASSIS

*Retórica dos namorados, dá-me uma comparação exata e poética para dizer o que foram aqueles olhos de Capitu. Não me acode imagem capaz de dizer, sem quebra da dignidade do estilo, o que eles foram e me fizeram. Olhos de ressaca? Vá, de ressaca. É o que me dá ideia daquela feição nova. Traziam não sei que fluido misterioso e enérgico, uma força que arrastava para dentro, como a vaga que se retira da praia, nos dias de ressaca. Para não ser arrastado, agarrei-me às outras partes vizinhas, às orelhas, aos braços, aos cabelos espalhados pelos ombros; mas tão depressa buscava as pupilas, a onda que saía delas vinha crescendo, cava e escura, ameaçando envolver-me, puxar-me e tragar-me. Quantos minutos gastamos naquele jogo? Só os relógios do céu terão marcado esse tempo infinito e breve. A eternidade tem as suas pêndulas; nem por não acabar nunca deixa de querer saber a duração das felicidades e dos suplícios. [...]*

É possível perceber as modificações que Ivan Jaf fez em relação ao original: ao explorar as possibilidades do gênero dos quadrinhos, ele preferiu transferir grande parte das metáforas criadas por Machado para as imagens — em vez de inseri-las nas legendas; ao mesmo tempo, procurou criar cenas inusitadas e fantásticas, nas quais Bento menino interage com sua versão mais velha, o Casmurro.

Com o roteiro em mãos, tem início o trabalho do desenhista — que também deve conhecer a obra original a fundo para captar suas nuances e traduzi-las para imagens. O primeiro passo consiste em criar esboços a lápis, chamados rafes. A próxima etapa é a arte-final, momento em que os desenhos são finalizados com caneta ou tinta nanquim. Por último, é feita a colorização por computador.

Para ter uma ideia de como as cores influenciam as imagens, observe o exemplo a seguir: trata-se de uma imagem encontrada na p. 6, na qual o narrador explica o que o levou a escrever sua história.

A cena acima foi arte-finalizada e colorida por Rodrigo Rosa, e servirá de base para todas as demais páginas da HQ. Perceba que, ao ser apresentada logo no início da narrativa, sua colorização funciona quase como uma "legenda", explicitando o código visual que será adotado ao longo de toda a obra. É através da diferença estabelecida pelas cores que podemos identificar, durante a leitura, os diversos tempos narrativos: veja que o tom sépia se associa a imagens do passado (*flashbacks*), enquanto os tons mais escuros são associados ao tempo em que o narrador se encontra.

Ainda na questão da colorização, veja como ela é essencial para imprimir dramaticidade às cenas. Embora o desenhista siga as indicações do roteiro, ele tem liberdade para fazer alterações necessárias nas orientações iniciais, e o uso das cores está diretamente ligado a esse "desvio proposital". Para vermos melhor como isso funciona, compare outro trecho do roteiro, referente à p. 36, com sua versão final:

## ROTEIRO DE IVAN JAF

```
<Quadro 3>
Close mais próximo, expressão se transformou em ódio.
<Legenda>
ERA O CIÚME. O PURO CIÚME, LEITOR DE MINHAS ENTRANHAS!
<Quadro solto, sem seta>
UM PERALTA DA VIZINHANÇA...
<Quadro 4>
Este (Q4) e o seguinte (Q5) são quadros de pensamento: Bentinho imaginando as
cenas levado pelo ciúme.
Quadro com bordas de pensamento. Capitu, na janela da sua casa, sorridente.
Rapazes bonitos passando e olhando para ela, tirando o chapéu.
<Legenda>
SIM, HAVIA PERALTAS NA VIZINHANÇA... DE TODOS OS FEITIOS!
<Quadro 5>
Quadro com bordas de pensamento. Um dos rapazes está oferecendo flores a
Capitu na janela.
<Legenda>
SE ELA ESTAVA ALEGRE, É QUE JÁ NAMORAVA OUTRO!
```

## VERSÃO FINAL DE RODRIGO ROSA

O roteiro de Ivan Jaf descreve as imagens como fruto da imaginação contaminada pelo ciúmes de Bento; Rodrigo Rosa usou essas indicações e as extrapolou, exacerbando a ira do personagem e engrandecendo o poder desse sentimento sobre o seu julgamento — de tal forma que até o transforma fisicamente.

A sintonia entre roteiro e arte é imprescindível. No caso de *Dom Casmurro*, isso não foi um problema. Os dois autores já trabalharam em parceria com outras adaptações de obras importantes do século XIX; por isso, já conheciam os estilos um do outro e possuíam acervos próprios com informações e imagens do período, que foram usadas de base para reconstruir o Rio de Janeiro de então.

Como já foi dito anteriormente, a pesquisa para compor o vestuário dos personagens e a ambientação da história foi importantíssima. Contudo, além disso, também foi essencial compreender de que maneira as pessoas interagiam na época para criar as cenas nas quais ganha destaque o subentendido. Tratou-se de um grande desafio, como observa Rodrigo Rosa: "Acho que o mais complexo nesta obra foi manter a fidelidade ao modo de agir, de olhar dos personagens. Como é uma narração baseada em insinuações, desconfianças, segredos e coisas não ditas, fica tudo dependendo muito de como as personagens vão mostrar essas sensações através de sinais físicos sutis".

Manter a sutileza é tarefa ainda maior quando se fala de uma obra cujo princípio que a fundamenta é a dúvida. Tanto o roteirista como o desenhista tiveram de tomar muito cuidado para não serem tendenciosos e levarem os leitores a crer na culpa ou na absolvição de Capitu.

É interessante observar como foi feita a representação dos famosos "olhos de ressaca" da personagem ao longo da adaptação: por ser uma das figuras femininas mais marcantes da literatura brasileira, o olhar penetrante de Capitu (que exercia forte poder sobre Bentinho) é destacado em vários momentos da HQ, e sua intensidade não muda com o tempo.

São importantes os *closes* (tipo de corte da imagem focado em detalhes) em seus olhos: ora parecem apaixonantes, ora são dissimulados. Observe momentos diferentes da história, em que a interpretação do olhar varia conforme o estado de espírito do narrador:

Durante o processo, surgiu ainda um impasse: como representar nos quadrinhos as digressões e os devaneios do narrador, tão presentes na obra original? Para Ivan Jaf, era a oportunidade perfeita para explorar as imagens e situações surpreendentes que Machado cria. Ivan preferiu conferir um tom surreal à trama, e revela o porquê dessa escolha: "Casmurro, no início, quer dar a impressão de ser um senhor distinto, culto, racional, sentimental, bom filho, quase padre, mas no final se descobre que é um homem torturado, melancólico e faccioso. [...] O roteiro indica isso pontuando a história com imagens delirantes". Assim, o roteirista procurou tornar a realidade ainda mais inapreensível para o leitor. Quando temos a consciência de que tantas imagens fantásticas permeiam a mente de Bento, começamos a nos perguntar: quanto daquela história tão cheia de intrigas não reside apenas na cabeça de seu narrador?

A forte imaginação do Casmurro é uma das pistas que depõem contra ele. A inventividade de Bento e suas constantes "fugas" da realidade podem ser indício de que toda a sua tese de acusação contra Capitu talvez seja fruto de sua criação — e não uma verdade absoluta, incontestável. Esta adaptação procurou justamente reforçar a ideia de que tudo está sujeito às intenções e ao inconsciente do narrador. Todo o surrealismo encontrado na HQ é um alerta ao leitor, pois cada quadro é um mergulho mais profundo no mundo interior de Bento Santiago ou, se preferir, do Dom Casmurro (um "homem solitário", "ensimesmado", "turrão"). Assim sendo, tudo é passível de dúvida.

Um exemplo de digressão e de "imagem delirante" é quando Bento conversa com uma traça que caminha por seu livro, na p. 13. Confira abaixo e, na página seguinte, compare-a com sua versão original:

> **TEXTO ORIGINAL DE MACHADO DE ASSIS**
>
> *Cheguei a pegar em livros velhos, livros mortos, livros enterrados, a abri-los, a compará-los, catando o texto e o sentido, para achar a origem comum do oráculo pagão e do pensamento israelita. Catei os próprios vermes dos livros, para que me dissessem o que havia nos textos roídos por eles.*
> *— Meu senhor, respondeu-me um longo verme gordo, nós não sabemos absolutamente nada dos textos que roemos, nem escolhemos o que roemos, nem amamos ou detestamos o que roemos: nós roemos.*
> *Não lhe arranquei mais nada. Os outros todos, como se houvessem passado palavra, repetiam a mesma cantilena. Talvez esse discreto silêncio sobre os textos roídos, fosse ainda um modo de roer o roído.*

Também tem destaque o ciúme de Bento, crescente ao longo da HQ. As cores denunciam seu estado de espírito alterado em cada crise, de modo que, ao fim da narrativa, encontramos um personagem totalmente dominado. Se há um "fruto dentro da casca", devemos sempre lembrar que essa frase também pode se aplicar ao próprio Casmurro: o Bentinho ciumento desde jovem e a sua versão dominadora, doentia, encontrada num Bento já adulto.

Outro desafio enfrentado pelos autores foi evitar que os leitores comparassem Ezequiel com Escobar, pois mesmo que Bento veja semelhanças entre eles, essa questão não poderia ser explícita nas imagens. O leitor não poderia ter acesso à verdade absoluta; por isso, ilustrar o garoto igual ou diferente de Escobar seria determinante. A solução encontrada foi representar o menino sempre de costas, ou com uma angulação de cena que não permitisse a visualização do seu rosto. Veja:

As perguntas do romance permanecem em aberto na HQ, num esforço meticuloso dos autores em preservar todo o suspense da obra original. Mas não é só na fidelidade que a adaptação brilha: mesmo para quem já conhece o clássico, a leitura torna-se instigante, pois o texto combina-se com imagens de uma forma única e imprime em seus quadros todo o lirismo e a sagacidade da obra de Machado. Ivan Jaf e Rodrigo Rosa souberam ir além e explorar as possibilidades do gênero, usando elementos que dialogassem com a tradição do clássico. Eles propõem não apenas uma adaptação, mas uma releitura.

Referências e diálogos com personagens do mundo artístico e literário foram inseridos em diversos pontos da HQ. Na cena de abertura, em que o Casmurro encontra um moço no trem, os autores fazem uma brincadeira sutil: o jovem representado é o então aspirante a poeta Osório Duque Estrada (1870-1927), aos 28 anos, e que mais tarde viria a ser conhecido como o letrista do Hino Nacional. Já na sequência iniciada na p. 66, a referência é encontrada na figura da ave negra: trata-se de uma alusão ao poema "O corvo", do célebre autor norte-americano Edgar Allan Poe (1809-1849), cuja obra influenciou a de Machado de Assis, que até traduziu o poema para a nossa língua, em 1883.

Na cena do velório de Escobar, um presente para os leitores mais atentos: podemos identificar Rodrigo Rosa e Ivan Jaf ao lado de... Machado de Assis. Tente encontrá-los!

Esta obra foi composta nas fontes Minion, Soho Gothic e Soho Std, sobre papel-cuchê fosco 115 g/m², para a Editora Ática.